I0551476

L'AMPHIGOURI,

SALMIS DRAMATIQUE EN QUATRE ACTIONS,

COMPOSÉ DE

LES BOURGEOIS DE PONTOISE,

PROLOGUE;

CALIGULA,

TRAGÉDIE;

LA CANTATRICE POLYGLOTTE,

INTERMÈDE;

LES BÊTES PARLANTES,

MÉLODRAME;

PAR

MM. BRAZIER ET DUMERSAN;

Représenté pour la première fois, à Paris,
SUR LE THÉATRE DES VARIÉTÉS,
le 10 Mai 1831.

PARIS,

CHEZ J.-N. BARBA, LIBRAIRE, PALAIS-ROYAL,
DERRIÈRE LE THÉATRE-FRANÇAIS, ET COUR DES FONTAINES, N. 7.

—

1831.

PERSONNAGES.

PERSONNAGES.	ACTEURS.
DUTRUC, Auteur....................	MM. DAUDEL.
CORNICHON, Vinaigrier de Pontoise, jouant un *Lion*..........................	VERNET.
CANNET, Portier du Théâtre, jouant *Manlius*.	LEFÈVRE.
MIGEOT, Garçon de Théâtre, jouant *Scévola* et *Niaisot*.......................	SILVESTRE.
UN BOURGEOIS, jouant *Caligula* et un *Tigre*.	ODRY.
UN BOURGEOIS, jouant *Vitellius* et *Rabâche*.	CAZOT.
PILON, Epicier........................	CHARLET.
GODARD, Notaire......................	CHARLES.
JUJUBE, Apothicaire...................	LEBEL.
GEORGES, Garçon de Théâtre...........	GEORGES.
BONNIN, *dans la salle*..................	ALEXIS.
MADAME BONNIN, *dans la salle*..........	LHÉRIE.
ANTONY, *dans la salle*..................	ALERME.
MADAME DUFOUR, Boulangère, jouant *Livia*.	Mmes FLORE.
MADAME GIGOT, Bouchère, jouant *Cornélie*.	VAUTRIN.
MADEMOISELLE FIFINE, Modiste, jouant *Anna*..........................	HERFORT.
MADEMOISELLE LOULOU, Modiste.......	EMILIE.
TROIS MODISTES.	
DEUX BOURGEOIS.	

La Scène se passe au Théâtre de Pontoise.

NOTA. S'adresser pour la musique de la pièce, à M. Tolbecque, Chef d'Orchestre du Théâtre des Variétés.

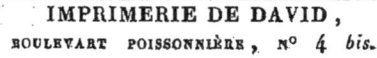

IMPRIMERIE DE DAVID,
BOULEVART POISSONNIÈRE, N° 4 *bis*.

L'AMPHIGOURI,

SALMIS DRAMATIQUE EN QUATRE ACTIONS,

COMPOSÉ DE

LES BOURGEOIS DE PONTOISE,

PROLOGUE;

CALIGULA,

TRAGÉDIE;

LA CANTATRICE POLYGLOTTE,

INTERMÈDE;

LES BÊTES PARLANTES,

MÉLODRAME;

PAR

MM. BRAZIER ET DUMERSAN;

Représenté pour la première fois, à Paris,
SUR LE THÉATRE DES VARIÉTÉS,
le 10 Mai 1831.

PARIS,

CHÉZ J.-N. BARBA, LIBRAIRE, PALAIS-ROYAL,
DERRIÈRE LE THÉATRE-FRANÇAIS, ET COUR DES FONTAINES, N. 7.

1831.

L'AMPHIGOURI,

SALMIS DRAMATIQUE.

LES BOURGEOIS DE PONTOISE,

PROLOGUE.

(Le Théâtre représente un salon très-simple.)

SCÈNE PREMIÈRE.

MIGEOT, CANNET.

MIGEOT.

Voyons, père Cannet, vous qui depuis dix ans, êtes garçon
de théâtre à Pontoise, croyez-vous que la pièce réussira ?

CANNET.

Pourquoi ne réussirait-elle pas ? C'est des bourgeois qui jouent
les rôles, et c'est des bourgeois qni seront dans la salle.

MIGEOT.

Moi, qui joue dans la pièce, à la répétition, ça m'a semblé
incohérent.

AIR : *Tenez, moi, je suis un bonhomme.*

C'est un' folie à c'qu'il me semble,
CANNET.
Pour réussir c'est un moyen.
MIGEOT.
On n'sait pas à quoique ça r'ssemble.
CANNET.
Tant mieux si ça ne r'ssemble à rien.
MIGEOT.
On n'y dit rien d'Londr' ou d'la Prusse.
CANNET.
Tout c'que l'on dirait est connu.
MIGEOT.
On n'parl' pas mêm' de l'armée russe.
CANNET.
Eh ! mon ami, c'est rebattu.

$\left.\right\}$ *bis.*

D'ailleurs, l'auteur, M. Dutruc, est un jeune homme de
Paris... Il connaît le genre qu'il faut pour plaire à un public
éclairé... par le gaz hydrogène.

MIGEOT.

Oui, nous avons un beau lustre.

CANNET.

C'est un fameux service qu'il rend à la ville; les comédiens sont partis faute de recette. Les machines, les décors et les costumes sont saisis pour la somme conséquente de cent écus : il s'agit de dégager tout cela.

MIGEOT.

Et la représentation est au bénéfice des machines ?

CANNET.

Comme tu dis.

MIGEOT.

On avait songé à faire une souscription ; mais on en a déjà tant fait cette année !... Et puis une pièce jouée par les bourgeois de Pontoise en sera plus amusante. Ils nous feront rire comme des veaux... Ils sont au moins une vingtaine, sans compter les femmes ; d'abord tout le magasin de la marchande de mode en est. Il y en a une qui fait l'innocente à s'y tromper.... et une autre qui fait les hommes supérieurement; la boulangère du coin. Madame Dufour, fait la princesse... Dites donc, elle est amouseuse de l'auteur.

CANNET.

De M. Dutruc ?... Ah ! c'est pour lui que le four chauffe.

MIGEOT.

La boulangère a des écus, et elle lui a promis de l'épouser si la pièce réussit...Tenez la v'là.

SCÈNE II.

LES MÊMES, MAD. DUFOUR, *entrant par le fond.*

MAD. DUFOUR.

Portier, M. Dustruc n'est pas encore au théâtre ?

CANNET.

Non, la boulangère.

MAD. DUFOUR.

Vous m'embêtez, avec la boulangère ! Vous ne pouvez pas m'appeler Madame Dufour. D'ailleurs je ne le serai pas long-tems boulangère; je quitte la pâte pour donner la main à M. Dutruc.

MIGEOT.

Ah ! c'est décidé?

MAD. DUFOUR.

C'est décidé, si je veux !... Il n'y a plus que moi qui balance. Dutruc est un être adorable, je le sais, mais il est Parisien, et quand j'aurai signé le contrat, j'ai peur des coups de canifs.

MIGEOT.

Vous êtes assez forte pour lui rendre des coups de poings.

MAD. DUFOUR.

Je le sais bien... Mais je n'aime pas à battre un homme ; c'est mauvais ton. D'ailleurs dans ce moment ici, je suis une amante jalouse, et je crois que ce petit farceur-là m'est infidèle.

CANNET.

Pas possible ! avant la noce !

MAD. DUFOUR.

Je viens de monter au logement oùs qu'il est descendu ; il était sorti, et j'ai appris qu'il avait été déjeûner chez Madame Gigot, la bouchère.

MIGEOT.

Dame ! elle est encore fraîche, la bouchère.

MAD. DUFOUR.

Fraîche ou non, elle n'a qu'à bien tenir ses yeux ; et quant à lui, s'il a voltigé, je suis douce comme une linotte, mais il peut compter sur un fameux pinson : c'est que je joue la tragédie moi.

CANNET.

Nous la jouons aussi la tragédie.

MAD. DUFOUR.

Et je suis sûre qu'au Théâtre-Français de Paris il n'y en a pas de plus forte que moi. Je les enfoncerais tous.

CANNET.

Est-ce qu'on y joue encore la tragédie ?

MAD. DUFOUR.

Non... Mais c'est égal, ils jouent des bamboches, des mélodrames.

AIR du Vaudeville de *Partie et Revanche.*

Marchant dans un' nouvelle carrière,
Au lieu du Cid et de Phèdre et d'Hamlet,
Ils vont jouer Monsieur de Robespierre,
Monsieur Marat, Mamzell' Charlotte Corday (*bis*).
Enfin, pour remonter l'tragique,
Ils vont donner comme nouveauté
Les crim's de l'Ambigu-Comique
Et les horreurs de la Gaîté...

CANNET.

Le vieux genre ne fait plus d'argent, ils ont raison.

MAD. DUFOUR.

A quelle heure qu'est notre répétition générale ?

CANNET.

C'est pour deux heures, M. Dutruc ne peut pas tarder.

DUTRUC, *dans la coulisse.*

C'est bon ! c'est bon !...

CANNET.

Tenez, je l'entends...

SCÈNE III.

Les Mêmes, DUTRUC.

DUTRUC, *entrant par le fond.*

Comment... personne encore d'arrivé pour la répétition... Portier, à ton cordon ; et toi va voir au théâtre si tout est prêt pour commencer. (*Migeot et Cannet sortent. A Mad. Dufour.*) Salut à celle que l'amour a placé dans mon cœur.

MAD. DUFOUR.

Dans votre cœur, et la bouchère ?... Il paraît que les auteurs ne haïssent pas les déjeûners à la fourchette, et la bouchère donne de bonnes côtelettes.

DUTRUC.

Elle m'en a régalé d'une ce matin.

MAD. DUFOUR.

En papillottes ?...

DUTRUC.

Mais ça ne vaut pas ma belle Mad. Dufour. Je ne suis content que quand je peux dire : j'ai vu la boulangère, j'ai vu...

MAD. DUFOUR.

Ah ! monstre de Parisien ! va, que tes paroles sont pénétrantes.

DUTRUC.

Savez-vous bien votre rôle ?...

MAD. DUFOUR.

Sur le bout de mon doigt.

DUTRUC.

Ah ! ça, nous allons répéter avec les costumes.

DUTRUC.

Certainement !...

MAD. DUFOUR.

Vous verrez le mien... Vous me verrez en romaine !...

DUTRUC.

En romaine, vous serez comme un cœur !

MAD. DUFOUR.

Oui, je crois que je chausserai bien le *nocturne.*

DUTRUC.

Vous voulez dire le cothurne.

MAD. DUFOUR.

Comme vous dites.

DUTRUC.

Ah ! ça, ne vous avisez pas de déclamer.

MAD. DUFOUR.

Pourquoi cela?...

DUTRUC.

C'est que la pièce est dans le genre moderne. Mon Caligula est écrit à la romantique.

AIR : *Il me faudra quitter l'empire.*

C'est un ouvrage populaire
Et naturel à faire peur,
Vous y verrez une fruitière
Causer avec un sénateur,
Un palfrenier avec un empereur.
Je veux régaler la province
De mes essais irréguliers,
De mes chefs-d'œuvre singuliers ...
Mon perruquier parlera comme un prince
Et mes héros comme des savetiers. (*bis*)

MAD. DUFOUR.

A propos de savetiers, vous n'avez pas vu le petit vinaigrier?

DUTRUC.

Le vinaigrier ?

MAD. DUFOUR.

Oui, M. Cornichon... Il s'était chargé de m'apporter mon *populum.*

DUTRUC.

Vous voulez dire peplum ?

MAD. DUFOUR.

Oui, peuplum, ce petit cancannier-là n'en finit pas.

CORNICHON, *dans la coulisse.*

Je monte au foyer.

MAD. DUFOUR.

Je l'entends.

SCÈNE IV.

LES MÊMES, **CORNICHON**, *entrant avec des paquets et des cartons.*

CORNICHON.

Me voilà, me voilà! j'apporte les costumes pour toute la troupe.

DUTRUC.

As-tu vu ces dames?

CORNICHON.

Oui, je les ai vues et entendues aussi; sont-elles jacasses ! A propos de jacasses, je viens de chez les modistes, elles répétaient leurs rôles toutes à la fois dans le magasin... Si elles jouent, comme ça, ça sera joli. J'ai pas pu m'empêcher de les applaudir. Elles auront de l'agrément, foi de Cornichon, c'est sûr.

DUTRUC.

Vont-elles arriver ?

CORNICHON.

Elles sont sur mes talons. Quant à Madame Gigot, elle est furieuse, parce qu'elle fait un rôle de mère.

MAD. DUFOUR.

Elle aurait voulu un rôle d'enfant !

CORNICHON.

Elle dit qu'elle est encore d'âge à en faire. Il vaut mieux la croire que... de lui aller donner un démenti.

MAD. DUFOUR.

Vous êtes piquant.

CORNICHON.

Je ne m'appelle pas Cornichon pour des prunes. A propos de Cornichon, trois bourgeois qui nous font faux bond.... Ils refusent de jouer, ils disent qu'ils sont indisposés.

DUTRUC.

Ils sont malades ?

CORNICHON.

Je ne dis pas ça..... Ils sont indisposés les uns contre les autres. C'est M. Godard le notaire, M. Pilon l'épicier, et M. Jujube l'apothicaire. Ils venaient d'avoir une scène ensemble quand je suis arrivé. Vous savez qu'ils n'ont pas la même opinion.... Monsieur Godard était tout blanc de colère, M. Pilon était tout rouge, et M. Jujube était bleu.

DUTRUC.

AIR du Vaudeville de *Jadis et Aujourd'hui.*

Quelle est l'opinion politique
De Monsieur Pilon l'épicier?
CORNICHON.
Il inclin' pour la république
En faisant ses cornets de papier...
DUTRUC.
Et Monsieur Godard le notaire...
CORNICHON.
Pour l'empire il est tout de feu...
DUTRUC.
Quant au voisin l'apothicaire?
CORNICHON.
Il est pour le juste milieu.

MAD. DUFOUR.

Ah! mon Dieu, si notre représentation allait manquer?

DUTRUC,

Ah! que non; j'amerais mieux faire des coupures à ma pièce... Je l'ai faite de manière qu'on peut l'allonger ou la raccourcir à volonté... C'est un ouvrage élastique. (*Toutes les femmes dans la coulisse.*) Au foyer, au foyer, mesdames.

SCÈNE V.

LES MÊMES, MADAME GIGOT, MADEMOISELLE FIFINE,
MADEMOISELLE LOULOU, TROIS AUTRES MODISTES.

CHŒUR DE FEMMES.

AIR : *Courant de la brune à la blonde.*

Pour répéter votre ouvrage
Nous quittons le magasin ;
Mériter votre suffrage
Est d'abord notre dessein ;
Vous verrez notre courage,
Lorsque nous serons en train.

DUTRUC.

Le beau zèle que le vôtre ;
Jeunes filles, c'est bien.
(*Parlant*) Vous avez sans doute vos rôles?

LES MODISTES, *l'une après l'autre.*

Moi, j'ai le mien,
J'ai le mien. (4 *fois.*)

MAD. GIGOT, *arrivant.*

J'ai le mien.

TOUTES.

Nous avons tout's le nôtre.

MAD. GIGOT.

Vous voyez, Monsieur l'Auteur, que nous voilà prêtes à répéter.

DUTRUC.

Mesdames, je vous remercie de votre empressement. Ce sont
maintenant les hommes qui se font attendre.

MAD. GIGOT.

Ah ! Dieu ! les hommes ! on ne peut pas compter sur leur exac-
titude... Les bourgeois de Pontoise surtout, je ne sais pas s'ils
le font exprès, mais ils retardent tous.

MAD. DUFOUR, *regardant Dutruc.*

C'est selon... Moi j'en connais qui avancent toujours.

MAD. GIGOT.

Je crois que vous vous illusionnez, la boulangère.

CORNICHON, *lui donnant un paquet.*

V'la vot' paquet, Madame Dufour.

MAD. DUFOUR.

Je ne me flatte pas de contrebalancer vos appas, la bouchère.

CORNICHON, *lui donnant un paquet.*

V'la le vôtre, madame Gigot.

DUTRUC.

Allons, allons, point de querelles.

2

FIFINE.

Monsieur l'auteur ?

DUTRUC.

Qu'est-ce que vous voulez, mademoiselle Fifine?

FIFINE.

Mon rôle est trop court.

TOUTES.

Et le mien aussi.

DUTRUC.

Vous vous plaignez toujours.

LOULOU.

Vous m'ajouterez un petit couplet, s'il vous plait.

FIFINE.

Vous voyez bien que mademoiselle Loulou se plaint aussi.

LOULOU.

Je ne veux pas être dans les chœurs.

DUTRUC.

Vous y serez toujours malgré vous, dans les cœurs.

FIFINE.

C'est ça, faites-lui des complimens; mais moi qui joue dans le mélodrame il me faut une grande tartine.

LOULOU.

Une grande tartine !... Est-elle gourmande cette Fifine ?

FIFINE.

Je ne suis pas plus gourmande que vous, Mademoiselle Loulou.

DUTRUC.

Sont-elles aimables, ces jeunes modistes, et comme elles ont l'air doux et timide ; c'est l'innocence en tablier vert.

LES MODISTES.

Vous êtes bien honnête, Monsieur.

DUTRUC.

Il faut venir à Pontoise pour en trouver comme cela : rien qu'en paraissant, elles vout tourner la tête à tous les jeunes gens du département de Seine-et-Oise.

LES MODISTES.

Allons, allons, répétons.

DUTRUC.

Ah ! ça, vous, Cornichon, vous jouez dans mon mélodrame.

CORNICHON.

Oui; mais dites-moi donc, pourquoi m'avez-vous fait un rôle de bête

DUTRUC.

Y songez-vous, mon ami, les bêtes sont en grande faveur, les lions, les tigres et les kanguros remplacent aujourd'hui les amans, les traîtres et les tyrans.

CORNICHONS.

C'est justement ce qu'on vient de faire au Cirque-Olympique.

DUTRUC.

C'est vrai.

AIR : *Restez, restez troupe jolie.*

Ils avaient déjà mis en scène
Des cerfs, des ânes, des chevaux,
Des chiens et des chats par douzaine,
Des éléphans et des chameaux,
Et toutes sortes d'animaux.
Ils pouvaient mettr' près d'leurs actrices
Des lions, des ours, *et cætera ;*
Mais des tigress' dans les coulisses ,
Qu'est-ce qui pouvait s'attendre à ça.

(*Bruit dans la coulisse.*)

CORNICHON.

Voilà le reste de nos écus : c'est M. Godard, M. Pilon, et
M. Jujube.

SCÈNE VI.

LES MÊMES, GODARD, PILON, JUJUBE, 2 AUTRES BOURGEOIS.

TOUS LES HOMMES.

Monsieur, je vous rends mon rôle.

DUTRUC.

Comment, messieurs, vous feriez manquer notre spectacle.

GODARD.

Je ne savais pas que je me trouverais en scène avec monsieur.

PILON.

J'ignorais que monsieur devait jouer avec moi.

JUJUBE.

Je ne pouvais pas soupçonner que monsieur serait mon cama-
rade.

CORNICHON.

S'il met ceux-là d'accord!

DUTRUC.

Qu'avez-vous donc les uns contre les autres?

PILON.

Ce que j'ai?... J'ai mon opinion.

JUJUBE.

Et il veut nous l'imposer.

CORNICHON.

C'est l'usage.

AIR : *On dit que je suis sans malice.*

Je connais de grands patriotes
Qui sont tous de petits despotes;
Ils n' parlent que d' légalité,
D'indépendance et d' liberté.

Ils disent que dans tout' la France
On a l' droit de dir' tout c' qu'on pense;
Et puis quand on n' pens' pas comme eux,
Ils veulent vous arracher les yeux.

Je vais chercher l'affiche. *(Il sort.)*

DUTRUC, *aux hommes.*

Vous êtes des fous avec vos opinions... Allons, mes amis, que l'intérêt général vous guide, songez que si nous nous divisons, le théâtre de Pontoise restera vide, ou que des étrangers s'en empareront... On parle déjà d'une troupe allemande. Que toutes les opinions se réunissent pour le salut de la patrie!... Il y va du bien public et du succès de ma pièce, de la gloire des habitans et de mon mariage auquel je vous invite tous.

TOUT LE MONDE.

Bravo! bravo!

CHOEUR.

AIR : de *Cartouche et Mandrin.*

Entre nous désormais plus de guerre;
Que la gloire enflamme tous les cœurs.
En jouant désarmons le parterre,
Des théâtre soyons les sauveurs.

DUTRUC.

Jurez tous de montrer du talent.

TOUS.

Nous jurons...

DUTRUC.

Tout l'monde jure à présent.

CHOEUR.

Entre nous désormais, etc.

SCÈNE VII.

LES MÊMES, GEORGES.

GEORGES.

Messieurs, tous vos amis sont entrés dans la salle pour la répétition.

DUTRUC.

C'est bien!.. comme au grand Opéra de Paris... Aux répétitions générales la salle est toujours pleine; c'est très-nécessaire pour étudier les endroits où l'on doit applaudir le lendemain. Chacun à son poste.

CHOEUR.

Entre nous désormais, etc.

Tout le monde sort, et le rideau se ferme. Dutruc revient sur l'avant-scène.)

SCÈNE VIII.

DUTRUC, *seul sur l'avant-scène en dehors du rideau, regardant dans la salle.*

C'est parbleu comme à une première représentation ; je ne croyais pas qu'il y eût tant de beau monde à Pontoise, on dirait des Parisiens... On croirait être au théâtre des Variétés ; un lustre au gaz..... Messieurs et mesdames, vous allez assister à une répétition générale, c'est un essai que nous allons faire ! Nous avons voulu vous consulter... Vous nous jugerez, nous nous en rapportons absolument à vous ; nous vous prions seulement de ne pas interrompre la pièce. Quand elle sera jouée, chacun de vous pourra passer dans le cabinet de l'auteur et lui faire ses observations, il se fera un vrai plaisir de suivre vos avis. Vous verrez que nous n'avons rien négligé pour que l'effet de l'ouvrage et de la recette soit satisfaisant. Je vais vous montrer l'affiche que l'on va rapporter de chez l'imprimeur : vous verrez que l'on n'a négligé ni le style, ni le papier, elle a été faite sur la dimension de celle du Cirque-Olympique à Paris, théâtre qui, pour plaire au public, fait feu des quatre pieds.

SCÈNE IX.

DUTRUC, CORNICHON, *arrivant sur l'avant-scène avec une grande affiche.*

CORNICHON.

Monsieur l'auteur, v'là l'affiche que l'imprimeur vous envoie. C'est moi qui l'ai composée moi-même, et je crois qu'elle est soignée... Je ne crois pas qu'on fasse mieux à Paris.

DUTRUC.

Voyons, Cornichon, lis.

CORNICHON, *lisant.*

« Grand Théâtre de Pontoise, spectacle extraordinaire ; repré-
» sentation au bénéfice de la caisse de l'administration. Les entrées
» de faveur sont généralement suspendues, excepté pour les per-
» sonnes qui auraient des billets d'auteurs, d'administration, ou
» qui connaîtraient quelqu'un du théâtre. Les bourgeois et les bour-
» geoises de la ville de Pontoise donneront, aujourd'hui, la pre-
» mière représentation de Le Tyran foudroyé, ou *l'Homme vicieux*
» *puni du crime qu'il était sur le point de commettre*, tragédie morale
» et populaire, tirée d'une chronique de Rome. Le rôle de la
» Romaine sera joué par madame Dufour avec tous ses diamans
» fins »

DUTRUC.

Crois-tu qu'elle ait des diamans, la boulangère ?

CORNICHON.

Elle en fera avec des bouchons de carafe : de loin, le public n'y regarde pas de si près.

DUTRUC.

Mais tu as mis *avec ses diamans fins*?

CORNICHON.

Eh! bien, on ne trompe pas le public. Elle feindra d'avoir des diamans. (*Il continue de lire*) « Les costumes seront neufs, » les décorations seront fraîches, et les actrices mettront du » rouge à six francs le pot. »

DUTRRUC.

A six francs le pot !

CORNICHON.

C'est moi qui le fournis. (*Il lit*) « Cette représentation sera » honorée de la présence de M. le maire, avec sa femme et son » écharpe; de M. le juge-de-paix, avec ses six enfans, et de M. le » brigadier de la gendarmerie en grand uniforme... Les enfans » au-dessus de six mois paieront place entière. »

DUTRUC.

Mais, ordinairement, c'est au-dessus de sept ans...

CORNICHON.

Oui, mais aujourd'hui c'est extraordinairement. (*Il lit*) « *Nota Benet*. Le principal rôle, dans le mélodrame, sera joué » par M. Cornichon, vinaigrier de cette ville, Grande-Rue, » n° 36, chez lequel on trouve, à juste prix, un assortiment de » moutarde aux fines herbes, à la ravigote, et autres : vinaigres à » l'estragon, bocaux assortis, fruits et légumes confits, et généra- » lement tout ce qui concerne son état. »

DUTRUC.

Mais, que diable, tu fais de notre affiche le prospectus de ta maison de commerce. Donne-moi çà; il faut que je corrige cette affiche.

CRRNICHON

Non, vous ôteriez mon adresse. (*Il sort.*)

DUTRUC, *regardant sur le théâtre.*

Sommes-nous prêts pour la tragédie? (*Il descend dans le trou du souffleur. Aux musiciens.*) Messieurs, vous allez avoir la complaisance de nous jouer quelque chose d'analogue, dans le genre du Théâtre Français... une symphonie d'Hayden. (*L'orchestre exécute une symphonie d'Hayden.*)

CALIGULA,

TRAGÉDIE HISTORIQUE EN UN PETIT ACTE

ET EN GRAND VERS (1).

PERSONNAGES.		ACTEURS.
CALIGULA, Empereur romain............	MM.	ODRY.
VITELLIUS, Sénateur....................		CAZOT.
MANLIUS, Cordonnier..................		LEFÈVRE.
SCÉVOLA, Barbier......................		SILVESTRE.
UN CRIEUR............................		GEORGES.
CORNELIE, Femme de Manlius.........	Mmes	VAUTRIN.
LIVIA, Fiancée de Vitellius............		FLORE.
SÉNATEURS.		
TRIBUNS.		
LICTEURS.		
UN PALFRENIER.		
PEUPLE.		

Le Théâtre représente une place publique de Rome ; à droite de l'acteur, est une échoppe de savetier, sur laquelle on lit : *Manlius raccommode les cothurnes;* à gauche une statue de Jupiter.

SCÈNE PREMIÈRE.

LE CORDONNIER-MANLIUS, *travaillant dans son échoppe.*

Dépêchons-nous d' finir... on attend ce cothurne.
Mais je n' sais pas c' que j'ai, je m' sens tout taciturne ;
Si j'avais du quibus, là, tout près du Forum,
J' m'en irais pincer mon petit verre de rhum.
Puisque pour le moment la débin' m'incommode,
Je vais pour m'étourdir chanter d'Horace une ode.

(1) Les costumes romains doivent être burlesques. La poésie de cette tragédie indique assez qu'il ne faut pas la jouer sérieusement.

Air : du *Petit mot pour rire* (1).

C'était du temps que les Gaulois
Voulaient nous surprendre en sournois.
  Ils ont fait une école,
Et Brennus ne s'attendait pas
Que pour réveiller nos soldats,
  Y avait des oies, (*bis.*)
  Des oies au Capitole.

O Horace ! comme tu tournes le couplet, tu peux te flatter
d'être le Béranger de Rome.

  Pour ces oiseaux depuis ce temps,
  Les bons Romains reconnaissans,
  En ont fait des idoles.
On les nourrit, on les logea.
Avec l' Sénat, depuis ce temps-là;
  Y a des oies, (*bis.*)
  Des oies au Capitole.

SCENE II.

LE CORDONNIER, LE BARBIER.

LE BARBIER.

Tu chantes, Manlius ! tu n'sais donc pas c'qui se passe ?

LE CORDONNIER.

Pour l' savoir, il faudrait que je m'en occupasse.

LE BARBIER.

Tout brave citoyen pour avoir d' l'agrément
Doit savoir ce qu'on fait dans le gouvernement.
En tout lieu de l'intrigue il doit suivre les traces.

LE CORDONNIER, *se levant.*

Je travaill' dans les cuirs, et non pas dans les places.

LE BARBIER.

Tu travailles dans tout; j' connais ton opinion.
Apprends qu'il y a sous main z'une conspiration,
On m'en a mis, Manlius... L'dévoûment doit paraître.
On dit qu'on pay'ra bien, veux-tu z'aussi t'en mettre?

LE CORDONNIER.

On paiera ! tn m'connais, tu sais que j' suis d' l'époque
Où vivaient ces grands noms dont à c' t' heure on se moque.
J'ai vu Caton l' censeur, et l' fameux Cassius,
Et j'ai pendant trois ans chaussé l'père Brutus.

LE BARBIER.

En fait d' républicain, tu sais que je suis rond,
Et du temps de César, j'ai rasé Cicéron.

_____

(1) Ces couplets se chantent sans musique.

LE CORDONNIER.

Il faut mettre dedans ma vieille Cornélie.

LE BARBIER, *remontant le théâtre.*

Justement la voila qui vient toute en furie.

LE CORDONNIER.

Comme à son ordinaire.

SCÈNE III.

Les Mêmes, CORNÉLIE, *se place entre son mari et le Barbier.*

CORNÉLIE, *au Barbier.*

Te v'la, méchant Barbier.
Tu viens empêcher mon mari d'fair' son métier.
Au lieu de travailler et d'êtr' dans vot' boutique, (*A Scévola.*)
Toi d' faire aller l'rasoir (*A Manlius.*) Toi d'manier ta manique.

LE BARBIER.

Citoyenn'Manlius, prenez un plus doux ton ;
Vous êt's, quand vous voulez, douce comme un mouton.
Dieu! qu'ell' taill' vous avez !

(*Il lui prend la taille. Cornélie lui donne un soufflet*). (1).

CORNÉLIE.

Je ne veux pas qu'on m'touche.
D'vant mon mari du moins.

LE BARBIER.

Quelle vertu farouche!

LE CORDONNIER.

Puisqu'il faut te le dir', nous parlions d'un beau coup
Qui sauvera l'état, et nous vaudra beaucoup.

CORNÉLIE.

Bah ! aujourd'hui par le bout du nez on vous mène.
Ah ! si j'étais Romain au lieu d'être Romaine.

LE BARBIER.

Y aurait du changement. Enfin.. suffit.. motus.

CORNÉLIE.

Mon sang bout ; vous savez que j'descends des Gracchus.

LE CORDONNIER.

Je le sais bien ! Et moi je descends des Coccus.
V'la l'fin mot. . . il s'agit de renverser l'empire.
Dis-moi, veux tu qu'avec le barbier je conspire?

CORNÉLIE.

Conspirons. Oui, tyran, crains l'effort de mes bras!
Si je tombe sur toi tu n'ten relèv'ra pas.

(*On entend derriére le théâtre le son d'une trompette.*)

(1) Le souffleur doit frapper dans ses mains pour imiter le soufflet.

LE CORDONNIER.

Qu'est-ce que c'est que ça ?

LE BARBIER.

Tu sais bien que l'on nomme
Le consul qui doit être à la tête de Rome.

SCÈNE IV.

LES MÊMES, UN CRIEUR, *entrant avec des papiers.*

LE CRIEUR.

Voilà le grand décret de Sa Majesté l'empereur Caligula, qui nomme consul de la République romaine le grand Incitatus, son magnifique cheval. Ce superbe animal va assister aujourd'hui à la séance du sénat... Voilà l'ordre et la marche, les rues, carrefours et places publiques par où le cortége doit passer... Voilà le décret de l'empereur Caligula pour deux sous.

(Le barbier en achète un.)

LE CORDONNIER.

Dieux ! un cheval consul !... Que c'est bête !

CORNÉLIE.

C'est l'premier.

LE BARBIER.

Voilà de l'avancement pour son palfrenier.

CORNÉLIE.

Quel choix !

LE BARBIER.

On peut répondre à tel qui le condamne :
Sur la chaise curule on a vu plus d'un âne.

LE CORDONNIER.

J'en conviens, on a vu, sans remonter bien loin,
Plus d'un d'nos sénateurs bête à manger du foin.

LE BARBIER.

Ce sont de vils flatteurs, rampans par caractère.

CORNÉLIE.

Voici Caligula.

LE CORDONNIER.

Prosternons-nous à terre.

(Le Barbier et le Cordonnier se mettent à genoux, chacun d'un côté du théâtre.)

SCÈNE V.

LES MÊMES, CALIGULA, VITELLIUS, SÉNATEURS, LICTEURS, GARDES, PEUPLE, UN PALFRENIER.

(Les gardes entrent les premiers, et se rangent dans le fond du

théâtre; ensuite les Licteurs, Caligula, Vitellius, Sénateurs, et le peuple, de chaque côté.

CALIGULA.

Rangez-vous, vils Romains, tribuns et sénateurs,
De côté chambellans, en bas ambassadeurs.
Soldats, autour de moi formez une barrière,
Et laissez les licteurs et leurs *faisceaux derrière.*

(*Les Licteurs se rangent derrière Caligula.*)

LE CORDONNIER, *se relevant et à part.*

Fait-il son embarras.

CALIGULA, *au palfrenier.*

Approche, palfrenier.
Tu connais les destins de mon noble coursier,
Ce cheval, favori de l'Empereur ton maître
Pour la première fois, au sénat va paraître;
Pour loger, pour nourrir ce fonctionnaire-là,
Dépensez des milions, le peuple paiera.

VITELLIUS.

Allez! cet ordre importe au salut de l'Empire.

LE CORDONNIER, *à part.*

Quand donc qu'on le tuera. (*Haut.*) Seigneur, on se retire.

(*Tout le monde se retire.*)

SCÈNE VI.

VITELLIUS, CALIGULA.

GALIGULA.

Canailles de Romains! ils font les libéraux,
Je les laisse brailler: il paient des impôts,
Et des impôts salés... Viens, ami de ton maître,
Viens apprendre un secret qui te plaira peut-être.

VITELLIUS, *s'inclinant.*

Tout me plaira de vous.

CALIGULA.

Tais-toi, vilain flatteur.

VITELLIUS.

Je ne le fus jamais.

CALIGULA.

N'es-tu pas sénateur ?
Mais voyons! ;pour ton goût je sais qu'on te renomme.
Comment me trouve-tu ?

VITELLIUS.

Vous êtes très-bel homme,
Vous avez de l'esprit, des grâces, du talent;
Pardon, si je m'exprime un peu trop franchement,

CALIGULA.

Tu ne me fâches pas... Ton maître te pardonne.
A mes désirs sans frein toujours je m'abandonne ;
Dames, filles, mamans, tout me va, tout me plaît,
Et je change de femme ainsi que de bonnet
De nuit.

VITELLIUS.

J'admire en vous cet excès de morale,
Cette haute vertu que personne n'égale.
Pardon, je suis *si franc*...

CALIGULA.

Tu ne vaux pas *deux sous*.

VITELLIUS, *à part.*

En parlant autrement nous serions tous *dissous*.

CALIGULA.

Je sais ce que je suis, je suis tyran peut-être,
Mais de l'être après tout ne suis-je pas le maître.
J'ai la bosse du crime, et ça m'est bien égal,
C'est la faute du ciel, ou bien du docteur Gall.
Je prétends en finir avec les factions :
Vous allez m'inventer trois conspirations !

VITELLIUS.

J'en ai six dans ma poche.

CALIGULA.

Comme il a du service...
Vieux gredin... Je te fais le chef de la police.

VITELLIUS.

Quel honneur !...

CALIGULA.

A-propos, on m'a dit qu'aujourd'ui
Une jeune beauté doit prendre un vieux mari,
Tu dois être au courant, comment se nomme-t-elle ?

VITELLIUS.

Seigneur, elle a vingt ans, elle est sage, elle est belle !

CALIGULA.

Ce n'est pas là son nom ?

VITELLIUS.

Son nom est Livia,
Et jamais de l'honneur elle ne dévia.

CALIGULA.

Ça fait bien mon affaire, il faut qu'on me l'amène.

VITELLIUS, *hésitant.*

Ah ! seigneur...

CALIGULA.

Ça paraît te faire de la peine ?...

VITELLIUS.

Mais c'est que c'est moi qui dois être son époux.

CALIGULA.

Que ne parlais-tu donc...

VITELLIUS.

Ah! seigneur, après vous!...

(*Livia paraît.*)

SCÈNE VII.

VITELLIUS, LIVIA, CALIGULA.

VITELLIUS.

Approchez, Livia, l'Empereur veut vous voir.

LIVIA , *un voile sur la tête.*

Mais...   (*Elle imite le bêlement d'un mouton.*)

CALIGULA.

Comment, mais ? Quelqu'un résiste à mon pouvoir.
Levez ce voile heureux qui dérobe à ma vue
La quantité d'appas dont vous êtes pourvue.

(*Vitellius lève le voile.*)

Dieux ! je suis ébloui.

VITELLIUS , *d Livia, et la tournant du côté de Caligula.*

Tournez de ce côté ?

CALIGULA.

Quel pied ! quel port ! quel teint ! quel œil de volupté !
Les jeux et les amours voltigent sur ses traces ;
Elle me convient fort : je sacrifie aux Grâces.

VITELLIUS.

Vous ne pouviez pas mieux vous adresser , Seigneur ;
Pardon de ma franchise.

CALIGULA.

Elle te fait honneur.

(*A Livia.*) Livia, m'aimez-vous, répondez ?

LIVIA , *s'approchant de lui et le regardant.*

Je te hais.

Ton regard semble faux ainsi que tes mollets ;
Ton nez est retroussé , ton menton est infâme,
Et si tu me forçais à devenir ta femme,
Cette perruque, qui couvre tes cheveux roux,
Ne mettrait pas ton front à l'abri de mes coups.

VITELLIUS.

Taisez-vous , ma future , et soyez moins bégueule.

CALIGULA.

Un moment avec moi, mon cher, laisse-la seule.

VITELLIUS.

Elle peut se vanter qu'elle aura du bonheur.
Pardon de ma franchise.

CALIGULA.

Eh ! va donc , sénateur !

(*Vitellius sort.*)

SCÈNE VIII.

CALIGULA , LIVIA.

CALIGULA , *à part.*

Empereur ou goujat , il faut chercher à plaire ;
Lâchons les grands moyens.

LIVIA , *à part.*

Voyons ce qu'il veut faire.

CALIGULA.

D'abord , ma belle enfant , je veux t'entretenir.

LIVIA.

M'entretenir , dis-tu ?

CALIGULA.

Oui , causer à loisir.

D'abord , pour te charmer , je veux donner des fêtes.
Veux-tu que vingt Romains soient mangés par les bêtes ?
Veux-tu qu'à tes regards j'en fasse écorcher un ?

LIVIA.

Ce serait indécent.

CALIGULA.

Si c'était un beau brun ?

LIVIA.

Qu'il soit brun , qu'il soit blond , n'est-ce donc pas un homme ?

CALIGULA.

Veux-tu pour t'enflammer , qu'ici je brûle Rome ?

(*On baisse la rampe.*)

LIVIA, *à part.*

Le scélérat... Feignons. (*Haut.*) Pour toi je brûlerai.
(*à part.*) Je le poignarderai.

CALIGULA , *à part.*

Je l'empoisonnerai

Viens, la nuit nous sourit. (*On entend gronder le tonnerre.*)

LIVIA.

Mais le tonnerre gronde,

Et voilà Jupiter...

CALIGULA.

Il se moque du monde,

Et je veux , à sa barbe , ici te faire voir...

LIVIA.

Quoi ?...

CALIGULA.

Que de Jupiter je nargue le pouvoir.

LIVIA.

Grand criminel ! arrête ! arrête ! ou bien je crie.

CALIGULA, *souriant.*

Quel plaisir, quand je vois une femme en furie.

LIVIA.

Crains le courroux des Dieux, il atteint tôt ou tard.

VITELLIUS, *derrière la statue, lançant un pétard.*

Voilà bien le moment de lancer mon pétard.

CALIGULA, *tombant.*

Ah ! je suis foudroyé ! va, tu l'échappes belle.
A Jupiter tu dois une fière chandelle...
Romaine !

(*Le jour revient.*)

DUTRUC, *dans le trou du soufleur.*

C'est très-bien, mon cher Caligula.

CALIGULA, *à Dutruc.*

Laissez-moi donc mourir. Ce n'est pas fini, vous me coupez
mon effet.

DUTRUC.

C'est assez pour ce soir.

CALIGULA.

Mais, dutout, ce n'est pas assez ! le public n'en a jamais assez.
Il aurait été enchanté de me voir mourir... J'avais un effet dé-
chirant... une mort dans le genre anglais. (*Au public*). Messieurs,
voulez-vous me voir mourir? Hein?à l'anglaise, vous le voulez?
Eh bien ! revenez à la représentation de demain, et je vous pro-
mets que je mourrai pour vous... Parole d'honneur... Je vais
m'habiller pour le mélodrame.

(*Caligula et Livia sortent ensemble.*)

SCÈNE IX.

DUTRUC, *seul et sortant du trou du soufleur.*

Voilà un gaillard, qui joue la tragédie d'une manière tout-à-
fait nouvelle... On n'y reconnaît plus rien. Je crois qu'il fera
honneur à la scène de Pontoise... Ah! ça, maintenant, l'intermède
musical!.. (*S'adressant au public*). Messieurs, vous allez entendre
les trois gosiers les plus célèbres de l'Europe... d'abord la signora Colibrini, rossignol d'Italie; Madame Choucroutzen,
contralto d'Allemagne, et miss Quidvrester, qui a le plus joli
fausset de toute l'Angleterre .. Chacune dans sa langue va dispu-
ter la palme du chant, et c'est vous qui donnerez la pomme. (*A
la cantonnade*) Machiniste, la décoration, s'il vous plait.

(*Le théâtre change et représente un salon simple, à droite de l'acteur,
on met une banquette avec un pupitre et de la musique.*)

LA CANTATRICE POLYGLOTTE,

INTERMÈDE.

PERSONNAGES.

<table>
<tr><td>DUTRUC , Auteur.....................</td><td>MM. DAUDEL.</td></tr>
<tr><td>M. BONNIN, Mercier...............</td><td>ALEXIS.</td></tr>
<tr><td>MADAME BONNIN (Travestissement)......</td><td>LHÉRIC.</td></tr>
<tr><td>M. ANTONY.....................</td><td>ALERME.</td></tr>
<tr><td>GEORGES , Garçon de Théâtre..........</td><td>GEORGES.</td></tr>
<tr><td>M. PILON.......................</td><td>CHARLET.</td></tr>
<tr><td>M. JUJUBE.....................</td><td>LEBEL.</td></tr>
<tr><td>M. GODARD.....................</td><td>CHARLES.</td></tr>
</table>

ACTEURS.

SCÈNE PREMIÈRE.

DUTRUC , GEORGES, BONNIN, *à l'orchestre*, ANTONY
et MADAME BONNIN , *au balcon.*

DUTRUC, *après le changement de décoration.*
C'est cela..... ça va comme sur des roulettes. Les machines
de Pontoise valent bien celles de Paris. Georges ! Georges ?

GEORGES, *entran.*
Monsieur ?

DUTRUC.
Fais entrer ces dames.

GEORGES.
Monsieur, en fait de dames, il n'y a là que des hommes : vos
musiciens, les amateurs de la ville.

DUTRUC.
Les cantatrices ne sont pas arrivées? Nous voilà bien !

BONNIN, *à l'orchestre et se levant.*
Monsieur l'Auteur..... pardon si je vous interromps; mais il
me vient une bonne idée : puisque ces dames ne sont pas venues,
il faut les envoyer chercher. C'est une idée qui m'a souri.

DUTRUC.

Vous avez là, Monsieur, une idée très-ingénieuse.

BONNIN.

J'ai beaucoup d'imagination.

DUTRUC.

Georges, va vîte chercher ces dames.

GEORGES.

Je le veux bien, mais ça fera *une fameuse* entre-acte.

DUTRUC.

Elles demeurent loin ?

GEORGES.

Oui, Monsieur, elles viennent de partir en poste pour Paris, ousque le théâtre Italien leur offre à chacune quatre-vingt mille francs pour trois mois.

BONNIN.

Monsieur l'Auteur, encore une idée... pour vous sortir d'embarras...Vos cantatrices étrangères sont parties?... arrangez votre représentation de manière à vous en passer.

DUTRUC.

Je vous remercie.

(*Dans ce moment une dame placée au balcon laisse tomber son chapeau sur la tête de Bonnin*).

BONNIN.

Oh ! là ! là ! qu'est-ce qu'on me jette sur le nez ? un chapeau de femme ; ah ! je ne me trompe pas ! c'est le chapeau de ma femme, c'est une tuile qui me tombe sur la tête. Comment ! Madame Bonnin !

MAD. BONNIN, *regardant son mari.*

Mon mari, je suis perdue ! (*Elle cache sa figure dans ses mains.*)

BONNIN.

Comment ! vous êtes au spectacle avec un jeune homme, et qui est-ce qui garde la boutique?

ANTONY.

Qu'est-ce que vous demandez, Monsieur? vous ne devez pas interrompre le spectacle.

BONNIN.

Je demande pourquoi ma femme est au balcon.

ANTONY.

Parce qu'elle n'est pas à la galerie.

BONNIN.

C'est une raison... Mais je veux savoir pourquoi elle n'est pas à la boutique.

ANTONY.

Parce qu'elle est au spectacle.

BONNIN.

Je comprends bien ! mais alors je vais monter près d'elle.

ANTONY.

Impossible, Monsieur, il n'y a pas de place.

4

BONNIN.

C'est trop fort, Monsieur, vous me rendrez raison. Je prends le public à témoin de ce que je suis.

ANTONY.

Vous êtes un sot.

BONNIN.

Messieurs! je vous fais juges!

DUTRUC.

Monsieur, je suis bien fâché de vous le dire, mais vous troublez le spectacle et vous êtes dans votre tort.

BONNIN.

Comment, lorsque je suis outragé! car, je le demande! le suis-je? ou ne le suis-je pas?

ANTONY.

Vous causez du scandale.

DUTRUC.

M. le commissaire de police est sans doute dans la salle, je le prie de faire sortir Monsieur.

BONNIN.

C'est moi qui vais le trouver, le commissaire de police.....
Justement je le vois à l'entrée de la galerie... Laissez-moi passer, s'il vous plaît. Nous allons voir. (*Bonnin sort de l'orchestre, en emportant le chapeau de sa femme.*)

MAD. BONNIN, au public.

Messieurs et Mesdames, combien je suis honteuse de la scène qui vient de se passer. Je ne suis nullement coupable; je suis sûre qu'il va dire toutes sortes d'horreurs de moi au commissaire; mais vous me permettrez de me justifier. D'abord, mon mari est un vilain homme, un grigou, un bourru. Je suis élève du Conservatoire; j'ai appris la musique vocale dans la classe de M. Pellegrini, et il veut que je reste confinée dans une boutique de mercerie, à l'*Y grec*. J'ai en horreur le fil, les aiguilles et le padoue. Je ne suis heureuse que quand je chante, et mon jeune voisin veut bien cultiver mes dispositions, et faire des duos avec moi. Quand mon mari n'est pas à la maison, nous chantons ensemble dans toutes les langues.

DUTRUC.

Comment, madame, vous êtes musicienne et vous chantez dans toutes les langues. Vous êtes donc une cantatrice polyglotte? mais vous pourriez remplacer les chanteuses qui nous manquent.

MAD. BONNIN.

O ciel! moi chanter sur un théâtre; je ne me suis jamais exercée que dans le particulier; n'est-ce pas, monsieur Antony? Croyez-vous que je puisse me lancer?

DUTRUC.

Je suis sûr que madame est remplie de talent.

ANTONY.

Madame est fort modeste; mais si on veut l'encourager....

MAD. BONNIN.

Oui, encouragez-moi.

ANTONY.

Je vais vous conduire, madame.

MAD. BONNIN, *s'en allant.*

C'est une folie, mon cher, c'est une folie.

DUTRUC.

C'est charmant; nous aurons un concert... Georges, fais entrer notre orchestre d'amateurs.

SCÈNE II.

DUTRUC, GEORGES, GODARD, PILON, JUJUBE.

(Ils arrivent avec leurs instrumens.)

GEORGES.

Donnez-vous la peine d'entrer.

M. GODARD.

Nous voilà, monsieur l'auteur, avec nos instrumens.

DUTRUC, *au public.*

Messieurs, vous aurez de l'indulgence : vous savez que ces messieurs ne sont qu'amateurs. Vous ne jugerez pas trop sévèrement un épicier qui joue du violon, un notaire qui donne du cor, et un apothicaire qui joue de la flûte à bec.

PILON.

Je suis sûr de mon coup d'archet.

JUJUBE.

Pour moi, je ne crains rien, je réponds de mon instrument à vent.

GEORGES.

Et après ?

JUJUBE.

Comment ! après ? J'en réponds toujours.

DUTRUC.

Allons, messieurs; allons, M. l'Apothicaire, commencez votre introduction, et malgré votre différence d'opnions, tâchez d'être d'accord... Ah ! voilà cette dame...

SCÈNE III.

LES MÊMES, ANTONY, MADAME BONNIN.

ANTONY, *amenant Mad. Bonnin sur la scène.*

Monsieur, je vous présente une jeune dame, que r. commande à votre indulge ce, son excessive timidité.

MAD. BONNIN.

Ah ! monsieur, je suis tremblante... Je suis si nerveuse, je vais chanter comme une horreur, j'en suis sûre !... Monsieur Antony, retournez dans la salle pour m'applaudir un peu... Ça me remettra... Ah ! faites-moi l'amitié de dire au commissaire de police de mettre mon mari au violon, s'il vous plaît.

ANTONY.

Soyez tranquille, madame; je connais le commissaire, il y passera la nuit. *(Il sort.)*

MAD. BONNIN.

Ça me fera plaisir. Ces messieurs sont des musiciens?

DUTRUC.

Ce sont ces trois messieurs qui forment le quatuor.

MAD. BONNIN, *à part.*

Dieux ! qu'ils sont laids !...

JUJUBE, *se levant.*

Nous ne sommes que des amateurs.

MAD. BONNIN (1).

C'est excusable... Quand vous voudrez, messieurs?...

AIR du *Calife* : Fragment.

De tous les pays pour vous plaire,
Je vais emprunter tour à tour
La musique vive et légère, etc.

DUTRUC, *prenant la musique sur des pupitres.*

Voici le morceau que devait chanter la signora Colibrini, l'italienne.

MAD. BONNIN.

(AIR du Barbier de Séville, *Cavatine chantée par Rosine.*)

DUTRUC.

Maintenant, voici le morceau que devait chanter Mad. Choucroutzen, l'allemande.

MAD. BONNIN.

(AIR *tyrolien à volonté.*)

DUTRUC.

Voici le morceau que devait chanter miss Quidvrester; c'est un morceau très-connu en Angleterre et en France.

MAD. BONNIN.

AIR Anglais : *Nos amours ont duré, etc.*

Sherer aye, sherer aye, etc.

(*A la fin de la scène Dutruc prend Mad. Bonnin par la main et ils saluent le public. La toile tombe.*)

_____

(1) Cette scène de chant est arrangée par M. Lhérie qui a choisi des morceaux ou plutôt des fragmens convenables à sa voix. L'acteur qui jouera ce rôle en province choisira également les morceaux qui lui conviendront. En tout cas, on peut s'adresser à M. Tolbecque, chef d'orchestre du théâtre des Variétés pour avoir la musique telle qu'elle a été arrangée. Si l'on n'a pas un jeune premier ou un jeune comique dont le physique permette un travestissement en femme, on peut faire jouer le rôle par une actrice.

LES BÊTES PARLANTES,

MÉLODRAME,

AVEC MUSIQUE, COSTUMES, DÉCORATIONS, DIALOGUE ANALOGUE.

PERSONNAGES.	ACTEURS.
M. DUTRUC, auteur....................	MM. DAUDEL.
NABUCHODONOSOR, lion.............	VERNET.
CALIGULA, tigre....................	ODRY.
RABACHE, vieillard.................	CAZOT.
NIAISOT, amoureux d'Anna...........	SYLVESTRE.
ANNA, jeune fille..................	Mᵐᵉ HERFORT.
Mad. DUFOUR, boulangère............	FLORE.
SÉNATEURS ROMAINS.	
LICTEURS.	
BOURGEOIS ET BOURGEOISES.	
ANIMAUX.	

(Le Théâtre représente une forêt ; à droite de l'acteur une caverne.)

SCÈNE PREMIÈRE.

RABACHE, *sortant de la caverne en habit noir râpé, l'épée au côté, les cheveux à la conseillère, un peu en désordre, une longue barbe, un chapeau sous le bras. Ce rôle doit être joué d'un ton mélancolique et emphatique.*

O air du matin ! que tu es pur et... rafraîchissant !... O arbres ! qui composez cette forêt chenue, que vos larges feuilles sont utiles pour préserver des ardeurs du soleil les cheveux blancs de mon front chauve ! Souris... souris, vieillard infortuné, à la solitude de la nature qui te console des injustices de la société... Est-ce point pitié que de voir dans un tel état un ancien conseiller-d'état !... Après cela, servez donc un potentat, voilà le résultat : je suis bientôt dans la quarante-deuxième année de mon exil !... Que deviendrais-je sans cet ange tutélaire, cette fille du désert qui prend soin de ma chétive existence ?..... Mais voilà plus de huit jours qu'elle ne m'a apporté ma nourriture quotidienne! Mes forces m'abandonnent, ma bouche peut à peine parler et mon estomac crie comme un sourd. (*Musique.*) Mais je l'aperçois, oui, c'est la jeune Anna qui vient, légère comme l'oiseau du buisson, calmer mon horrible appétit, je la reconnais au milieu des pins!

SCENE II.

RABACHE, ANNA, *entrant par la droite avec un bouquet de fleurs des champs.*

ANNA, *avec une naiveté affectée.*

Bonjour, bon vieillard.

RABACHE.

Salut, vierge des forêts.

ANNA.

Comment as-tu passé la nuit ?

RABACHE,

Tu peux dire les nuits, car je ne t'ai pas vue depuis huit jours.

ANNA.

Pardonne, bon vieillard, mais je suis allée avec mes compagnes à la chasse du castor.

RABACHE, *regardant son chapeau qui est très-usé.*

Du castor? hélas! que n'y ai-je été avec vous! j'aurais fait un échange.

ANNA.

Mais je ne t'ai pas oublié et je t'apporte...

RABACHE.

Ah! donne... Il était temps!

ANNA.

Ces fleurs que j'ai cueillies dans la prairie.

RABACHE.

Merci, jeune fille, de ton attention délicate. (*Elle lui met le bouquet sous le nez*). Cela sent bien bon! mais cela restaure bien peu...

ANNA.

Ah! Dieu!... Est-ce que tu as faim?...

RABACHE.

Il me semble que j'en ai le droit.

ANNA.

Ah! que je suis étourdie ! Que je m'en veux de cet oubli !... Oh! mais sois tranquille, demain soir...

RABACHE.

Demain soir... quand tu viendrais, tu verrais le vieillard incliné sur sa tombe comme le tube léger de l'épi fragile et renversé par le vent des orages sur le bord d'un fossé!

ANNA.

Ah! mais, tiens, j'avais dans ma poche une poignée de noix...
Prends-les en attendant, croque, croque.

RABACHE.

Il faut que je croque des noix !... C'est bien dur! Et le casse-
noisette de la nature est un peu ébréché.

ANNA.

Va, tu me fais bien de la peine. Mais qu'entend-je? (*Niaisot
crie dans la coulisse.*) Des cris! ah! c'est ce poltron de Niaisot,
mon amant, qu'est-ce qui lui fait peur?... (*Musique.*)

SCÈNE III.

RABACHE, ANNA, NIAISOT.

NIAISOT.

Oh! la! la! il va me dévorer, cachez-moi.

ANNA.

Qu'as-tu ? Niaisot.

RABACHE.

Eh! bien, jeune homme?

NIAISOT, *se cachant derrière Anna.*

Ah! vous m'avez fait peur.. j'ai cru que c'était un ours.

RABACHE.

Qui t'effraie donc, jeune homme?...

NIAISOT.

Un lion que je viens de rencontrer.

ANNA.

Un lion!... Ah! que j'ai peur !

RABACHE.

Ne craignez rien de ce roi des animaux, je le connais.

NIAISOT.

Vous avez là une drôle de connaissance.

RABACHE.

Je l'ai faite en errant dans ces bois. (*A part.*) ne trahissons pas
l'incognito de ce malheureux lion.

ANNA.

Depuis quelque temps les bêtes se donnent donc rendez-vous ici.

RABACHE.

Pourquoi cette observation ?

ANNA.

C'est qu'hier j'ai aperçu près de ma chaumière un tigre, un
grand tigre qui avait l'air de me guetter pour me dévorer.

RABACHE.

Ne craignez rien, je le connais aussi.

NIAISOT.

... Vous le connaissez aussi ? Il ne connaît donc que des bêtes ?

RABACHE, à part.

Ne dévoilons pas le secret de cet infortuné tigre.

NIAISOT.

Ah! ça, mademoiselle Anna, quand est-ce donc que vous consentirez enfin à ce que je devienne votre petit mari ?

ANNA.

Quand j'aurai le consentement de mes parens.

RABACHE

Bien, jeune fille.

NIAISOT.

Mais puisque vous ne les connaissez pas vos parens ?

ANNA.

Ça n'y fait rien... Je dois faire comme si je les connaissais.

RABACHE.

Très-bien, jeune fille ; vous serez récompensée de ces bons sentimens.

ANNA.

D'ailleurs, Monsieur Niaisot, vous ne connaissez pas non plus vos *pères* et *mères*.

NIAISOT.

C'est vrai ; je n'y pensais plus.

RABACHE.

Le moment n'est peut-être pas éloigné où vous retrouverez l'un et l'autre une famille, et que vous presserez chacun un père dans vos bras. (*A part.*) Gardons-nous de leur dire que les auteurs de leurs jours sont dans les quadrupèdes.

ANNA.

Ah! que je serai heureuse de connaître mon papa !

RABACHE.

Mais vous voyez que je n'ai pas déjeûné depuis huit jours. Le soleil commence à descendre derrière ces pins.

NIAISOT.

Eh bien ! venez casser une croûte. (*Musique.*)

(*Ils sortent en soutenant Rabache.*)

SCÈNE IV.

LE LION *entre à quatre pattes, puis il se lève et ôte sa tête. Les masques du lion et du tigre doivent être faits de manière qu'au moyen d'une ficelle ils puissent ouvrir leurs gueules à volonté.*

Ouf! j'étouffe ! Pas une pierre pour reposer ma tête... Mettons-la là... et respirons un peu, puisque quand je suis seul, j'ai la permission d'avoir figure humaine ! Qui croirait, en voyant cette crinière épaisse, ces ongles pointus et cette queue en trompette, que je suis un puissant monarque. Reconnaîtrait-on en moi le fameux Nabuchodonosor, roi de Babylone? Ils m'ont changé en bête, je ne sais pas pourquoi; mais, sous cette peau de lion, un cœur d'homme bat encore. Je suis sensible à la beauté comme un simple particulier. Anna n'a eu qu'à paraître, et je l'ai aimée; mais comment lui faire ma déclaration? mon sourire est une grimace atroce, mes soupirs des hurlemens-t-affreux; si je lui dis que je suis un roi, elle me rira au nez... Quelle position cruelle que celle d'un lion amoureux d'une femme! (*Musique.*) Mais on vient de ce côté. C'est un tigre; ne perdons pas la tête : remettons-la sur mes épaules. (*Musique.*) J'ai quelques soupçons sur ce tigre. Feignons de dormir pour pénétrer ses secrets. (*Il remet sa tête de Lion et se couche près de la caverne.*) (*Musique.*)

SCÈNE V.

(LE LION, *feignant de dormir,* LE TIGRE *arrive à quatre pattes et s'avance sur l'avant-scène; puis il se lève et ôte sa tête.*)

LE TIGRE.

Eh bien! mon cher Caligula, te voilà bien gentil. Ces Dieux, dont tu niais la puissance, se sont joliment amusés à tes dépens. Ah! satané Jupiter, tu m'as changé en tigre, ce n'est pas maladroit : c'est une épigramme; mais s'il a changé ma physionomie, il n'a pas pu changer mon cœur. J'ai conservé, sous cette peau de tigre, les mêmes inclinations que j'avais sur le trône de Rome. Je suis toujours un monstre au moral comme au physique. Je n'ai plus de sénat, je n'ai plus de flatteurs; mais j'ai toujours bon appétit. Je mangeais des petits pois, des asperges, aujourd'hui, je mange des gros morceaux... Il y a de ce côté un certain lion.....

LE LION, *à part, ouvrant sa gueule, et parlant à travers.*
Il parle de moi. Écoutons.

LE TIGRE.
J'en ferais un bon repas.

LE LION, *à part.*
Le scélérat!

LE TIGRE.
N'est-ce pas lui que j'aperçois étendu comme un veau?

LE LION.
Il m'a vu.

LE TIGRE.
Reprenons ma tête pour lui montrer les dents.

LE LION.
Il vient à moi.... Tenons-nous bien.

LE TIGRE, *ayant remis sa tête.*
Profitons de son sommeil pour l'étrangler. (*Musique.*)

LE LION, *se levant brusquement.*

Qui vive ?

LE TIGRE, *reculant.*

Patrouille !.... Non , je me trompe , tigre.

LE LION.

Passez au large.

LE TIGRE.

Qu'entends-je ? Il parle.

LE LION.

Il se tient sur ses pattes de derrière.

LE TIGRE, *à part.*

Dissimulons. (*Haut*) Charmant lion , dis-moi donc à qui j'ai l'honneur de parler ?

LE LION, *à part.*

Fais le capon... (*Haut*) Quand je saurai moi-même à qui j'ai affaire.....

LE TIGRE.

Eh bien

LE LION.

Parle ?

LE TIGRE.

Je suis.....

LE LION.

Tu es...

LE TIGRE , *ôtant sa tête.*

Caligula !

LE LION, *de même.*

Nabuchodonosor !

LE TIGRE.

Tu es donc comme moi, en prison dans cette forêt chargée de chênes ?

LE LION.

J'y trouve encore des charmes.

LE TIGRE.

Bien peu.

LE LION.

Plus que tu ne crois. Une jeune fille charmante règne sur mon cœur de lion...

LE TIGRE.

Un lion amoureux !

LE LION.

Amoureux comme une bête.

LE TIGRE.

Et quel est ton objet, farceur de lion ?

LE LION.

Une petite villageoise.

LE TIGRE.

Qu'entends-je ?

LE LION.

Tu la connais ?

LE TIGRE.

Un peu. C'est la gentille Anna.

LE LION.

Elle-même.

LE TIGRE.

Elle t'aime?

LE LION

Je ne dis pas cela. Je dis que c'est elle-même.

LE TIGRE.

A la bonne heure... J'en suis fou, mon cher.

LE LION.

Toi ?

LE TIGRE.

Oui, moi.

LE LION.

Viens-y, bambocheur de tigre.

LE TIGRE.

Qu'est-ce que nous allons faire de cette poulette-la ?

LE LION.

Elle est gentille à croquer.

LE TIGRE.

Croquons.

LE LION.

Croquons?.... Un instant. C'est que je l'aime pour le bon motif.

LE TIGRE.

Tu voudrais l'épouser?... C'est que ça va diablement croiser les races.

LE LION.

Tant mieux, bêta, ce sera plus original.

LE TIGRE.

Dissimulons encore. (*Haut*) Puisque c'est pour le mariage, je me retire. Un rival de votre espèce est dangereux. Vous emportez mon estime de tigre. (*Il met sa tête.*)

LE LION, *d part.*

Voilà qu'il recaponne! (*Haut*) Comptez sur ma reconnaissance de lion. (*Il remet sa tête.* (*Musique.*) *Les deux animaux se saluent affectueusement, puis se font par derrière des signes de trahison. Le tigre sort.*)

SCÈNE VI.

LE LION, *puis* ANNA.

LE LION.

Il est très-honnête; allons, c'est un bon enfant. Que vois-je! Anna! qui sort de cette caverne...O amour! (*Musique.*)

ANNA, *sortant de la caverne.*

Le vieillard m'a dit que c'était en ces lieux que je devais trouver le bonheur, et je viens l'attendre; il faut absolument que je me marie, d'abord! (*Musique.*)

LE LION.

Voilà le moment de me déclarer...

ANNA.

C'est si gentil un mari... comme je l'aimerais, comme je le caresserais. (*Le lion s'est avancé doucement, et au moment où elle fait le geste de caresser son mari elle se trouve presque dans les pattes du lion; elle jette un cri.*)

ANNA.

Ah! mon Dieu!

LE LION, *la recevant dans ses bras.*

Eh! bien, elle est en syncope... Anna.. Anna.. Qu'elle est jolie comme ça! Anna, Anna, reprends ta connoissance et viens faire la mienne.

ANNA, *ouvrant les yeux.*

Tiens! je ne suis pas dévorée.

LE LION.

Non, mais tu es t'*adorée.*

ANNA.

Par vous?

LE LION.

Ah! ne crains rien pour ton innocence.

ANNA.

Qu'est-que vous me voulez donc?

LE LION.

Je veux que tu sois mon épouse légitime.

ANNA.

C'est impossible; d'ailleurs je ne veux pas épouser une bête, j'en aime une autre.

SCÈNE VII.

LES MÊMES, LE TIGRE.

LE TIGRE, *qui s'est avancé doucement.*

Si ça pouvait être moi.

ANNA.

Le tigre!

LE LION.

Le traître de tigre!   (*Le lion et le tigre saisissent Anna*)

ANNA.

Au secours!

LE TIGRE.

Silence!

ANNA.

Qu'est-ce qui me tirera de leurs griffes.

LE LION.

Je t'aime, il t'aime, nous t'aimons, choisis.

LE TIGRE.

Amour !...

LE LION.

Amour !...

ANNA, *se bouchant les oreilles.*

Ni l'un, ni l'autre. Attrape. (*Elle les repousse.*) Je n'aime pas les tigres, ils sont traîtres comme des chats.

LE LION.

Mais le lion, le roi des animaux ?

ANNA.

Je n'ai pas d'ambition.

LE TIGRE.

Eh bien ! malheur à ton amant !

LE LION.

Je suis furieux... S'il tombe sous ma dent...

NIAISOT, *dans la coulisse.*

Anna ! Anna !

LE TIGRE ET LE LION.

C'est lui !

ANNA.

O ciel !

LE LION.

Crie-lui de venir.

ANNA.

Niaisot !

LE TIGRE.

Crie-crie !

ANNA.

Niaisot ! viens par ici !

LE TIGRE.

Dis-lui que deux messieurs bien mis le demandent.

ANNA, *criant.*

Deux messieurs bien mis veulent te parler.

(*Musique agitée*).

SCÈNE VIII.

LE TIGRE, ANNA, NIAISOT, LE LION.

NIAISOT, *accourant.*

Me v'là, qu'est-ce qu'on me veut ?

LE LION ET LE TIGRE, *le saisissant.*

Ouf !

NIAISOT, *criant.*

Ah ! que c'est bête...

ANNA.

Ils vont l'avaler. Niaisot, mets-toi en travers !

NIAISOT.

Tigre barbare !

SCÈNE IX.

LE TIGRE, ANNA, RABACHE, *entrant précipitamment,* NIAI-
SOT, LE LION.

RABACHE.

Arrêtez, bêtes féroces.

LE LION ET LE TIGRE.

Qu'entends-je ?

RABACHE.

Lion, tu voulais épouser ta fille.

ANNA, *se jetant dans les bras du Lion.*

Mon père !...

RABACHE.

Tigre, tu allais dévorer ton fils.

NIAISOT.

Mon papa !...

RABACHE, *se mettant à genoux.*

Quel tableau de famille !

(*En ce moment le Théâtre change et représente une forêt, au fond de
laquelle on apperçoit un palais. On y voit toutes sortes d'animaux,
dont une musique barbare imite les cris*).

SCÈNE X ET DERNIÈRE.

LE LION, LE TIGRE, RABACHE, ANNA, NIAISOT,
MAD. DUFOUR, *entrant après le changement,* DUTRUC *est dans
le trou du souffleur,* SÉNATEURS, LICTEURS, BÊTES, BOURGEOIS ET
BOURGEOISES, TOUS LES ACTEURS.

MAD. DUFOUR, *venant chercher Dutruc.*

C'est charmant ! c'est idéal ! c'est délicieux !... Monsieur l'Auteur, sortez de votre trou, et jetez-vous dans mes bras.

DUTRUC, *sortant du trou.*

Attendez-donc, madame Dufour, ça n'est pas fini. !

MAD. DUFOUR.

C'est assez fini comme ça.

DUTRUC.

Et le dénouement?...

MAD. DUFOUR.

Je vous épouse.

DUTRUC.

Ça finit bien bêtement.

MAD. DUFOUR.

Comme ça a commencé.

DUTRUC.

Mais au moins le chœur, le couplet final et le ballet, pour étourdir le public.

CHŒUR FINAL.

Air final du *Hussard de Felsheim.*

Que le plaisir tourne les têtes,
Et ne cherchons en tout que le profit.
En voyant le succès des bêtes,
On s'rait bien bête de montrer de l'esprit.

(Pendant le chœur, le Lion, le Tigre, Niaisot, Anna et Rabache se placent pour exécuter une allemande, ensuite une galoppe; à la fin de la galoppe les danseurs se groupent et forment un tableau.)

(Dans les théâtres où les acteurs ne pourraient pas danser l'allemande, on pourra chanter le couplet suivant.)

LE LION, *au public.*

Air : de *Léocadie.*

Nous avions le dessein d'être drôles,
En jouant cet ouvrage nouveau;
Nous somm's bien dans l'esprit de nos rôles,
Car nous tremblons dans notre peau.

LE TIGRE.

Nous somm's des bêt's d'une drôle d'espèce,
Sans danger chacun nous jugera;
Si vous n'avalez pas la pièce,
Nous n'vous aval'rons pas pour ça. } *bis.*
    Aval'rons pas pour ça !
Aval, aval'rons pas pour ça !

FIN.

www.ingramcontent.com/pod-product-compliance
Lightning Source LLC
Chambersburg PA
CBHW060843180626
46818CB00004B/1569